Aux fous les pompiers !

texte et illustrations de

Pef

Gallimard Jeunesse

Collection folio benjamin

ISBN : 2-07-059215-4
Publié pour la première fois
aux Éditions Messidor/La Farandole, 1984
© Éditions Gallimard Jeunesse, 1995, pour la présente édition
Numéro d'édition : 73568
Loi n° 49 - 956 du 16 juillet 1949
sur les publications destinées à la jeunesse
Dépôt légal : septembre 1995
Imprimé en Italie par Editoriale Libraria

Ils étaient bien trop pauvres,
les pompiers de cette ville-là,

bien trop pauvres
pour avoir le téléphone.

Quand il y avait le feu,
il fallait leur écrire.

Chaque matin,
les pompiers ouvraient leur courrier
et dressaient en ronchonnant
la liste de tous les endroits
où des incendies se déclaraient.

Ça les mettait en colère
de penser à l'imprudence des gens.
Ils faisaient pourtant de gros efforts
pour limiter au maximum
le nombre des incendies.

Ils n'arrêtaient pas de circuler en ville,

armés de pistolets à eau confisqués
à leurs enfants.

Et dès qu'ils apercevaient un fumeur,

ils éteignaient sa cigarette
d'un coup bien ajusté.

Mais, pas plus qu'ils n'avaient
d'argent pour payer
le téléphone, ces pompiers
n'en avaient pour acheter
des plans de la ville
ou des cartes de la région.

Ils devaient se repérer à l'aide
de documents anciens, déchirés,
puis scotchés où ne figuraient
même pas les autoroutes.

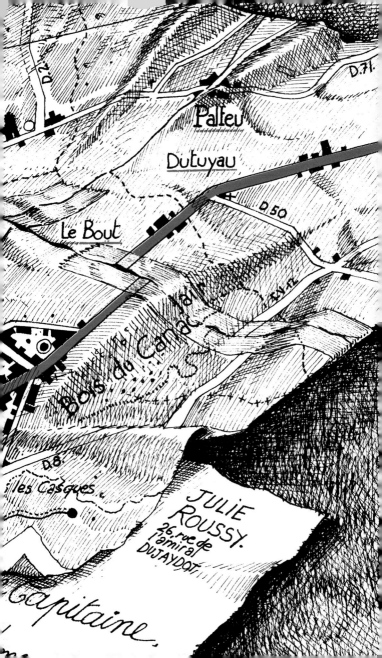

Ils finissaient, bien sûr, par dénicher
l'emplacement du village ou
du quartier menacé par les flammes.

Mais ils devaient aussi vérifier
sur la carte s'ils risquaient ou non
de tomber sur une côte
au cours du trajet.

Car, bien entendu, nos pompiers
n'avaient pas de sous pour acheter
l'essence.

Et même s'ils en avaient eu,
ils n'auraient pas pu mettre en route
leur camion de pompiers.
Il était en panne et la réparation
aurait coûté les yeux de la tête.

Alors, les pauvres pompiers
poussaient leur fourgon.
Ou plutôt, ils le faisaient pousser
par leurs femmes, les pompières,
et leurs enfants, les pompioux.

Pendant ce temps, sur le fourgon
les pompiers achevaient de s'équiper
en chantant.
En chantant une drôle de chanson,
toujours la même d'ailleurs.
Car le klaxon
de leur camion était cassé.

Pour le remplacer, les soldats du feu
avaient dû monter une chorale.
Ils s'entraînaient tous les soirs,
avec les pompières et les pompioux.

Le travail des pompioux consistait surtout à mettre leurs doigts dans les trous des vieux tuyaux percés.

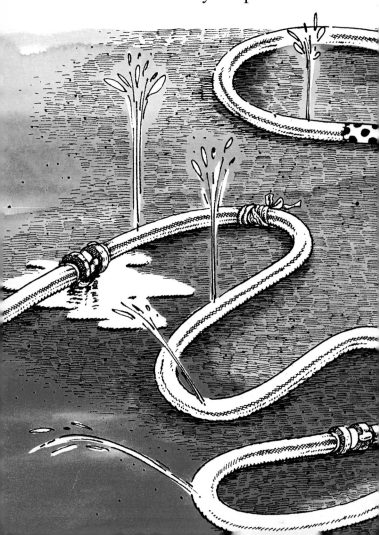

Histoire de supprimer
une partie des fuites d'eau.

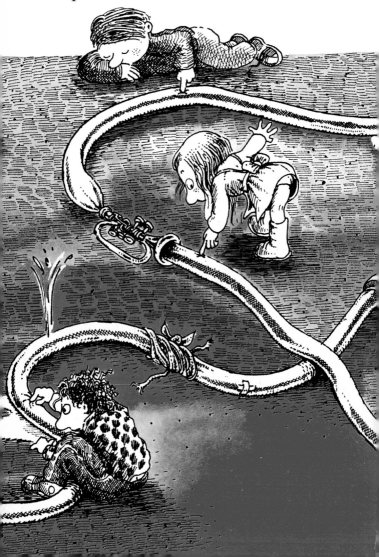

Car l'eau était précieuse !

Sans téléphone, ces pompiers
étaient aussi sans eau.
Incapables de payer leurs factures,
ils avaient reçu sept avertissements
de la compagnie qui, finalement,
leur avait coupé l'eau.

Aussi tout était bon pour récupérer l'eau de pluie.

Après des détours inimaginables
pour éviter les côtes, après avoir chanté
pin-pon à tue-tête sur tous les tons,
les pompiers parvenaient enfin
    sur les lieux de l'incendie.

C'est-à-dire deux ou trois jours
plus tard !
Alors là, alors là...
La situation était devenue
si dramatique,
le feu s'était tellement
propagé, que les pauvres
pompiers devaient
accomplir des miracles
pour sauver les gens,
les bêtes et les objets
précieux ou utiles
dans la vie.

Si bien qu'à la fin de l'année,
ils étaient déclarés champions...

SAUVETAGE D'UN POISSON
QUI ALLAIT SE NOYER

SAUVETAGE DE LIVRES PRÉCIEUX

... des pompiers toutes catégories.

Un très vieux général des pompiers
se rendait à la caserne.
Après avoir lu un discours enflammé,
il épinglait une énorme médaille en or
massif sur la poitrine des sapeurs
les plus costauds.
Et régulièrement, chaque année,
nos pompiers la revendaient
en cachette.
Ils recevaient en échange
beaucoup d'argent,
énormément d'argent.

Et que faisaient-ils de tous ces sous ?
– Ils payaient leurs factures
de téléphone ?...
– Ils payaient leurs notes d'eau ?...
– Ils donnaient à réparer le moteur
de leur camion ?...
– Ils faisaient le plein d'essence ?...
– Ils achetaient des cartes récentes
de la région ?...
– Un nouveau klaxon ?...
– De nouveaux tuyaux ?...

Avec cet argent, ils se précipitaient
tous au marché.
Et là, ils achetaient de quoi
préparer le grand banquet
des pompiers,
des pompières
et des pompioux.

Et ils composaient
un menu du tonnerre.

Menu
du banquet
des pompiers, des pompières
et des pompioux

Jambon fumé ou Sardines grillées.

pommes de terre à la braise.

Pot-au-feu.

Bananes flambées

Dommage, ce jour-là,
le jour du grand banquet,
la caserne des pompiers a pris feu.
On a juste retrouvé le menu.
Tout le reste a brûlé,
la caserne avec.
Mais pas nos pauvres pompiers,
qui sont allés faire
les fous ailleurs...

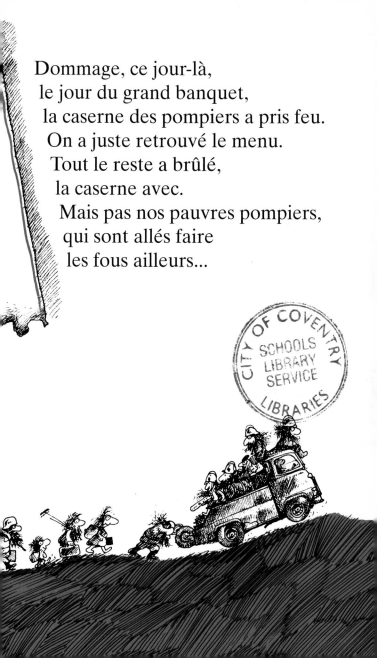

A propos de *Aux fous les pompiers*

Dans son livre *Enfants de papier*, publié aux
Éditions Gallimard Jeunesse (1993) Pef raconte :
« En 1983, on parlait déjà beaucoup
de chômage. Je venais d'achever le *Dictionnaire
des mots tordus*. J'étais encore perdu dans
la grande forêt du langage mais j'entendais
la vie bruire de tous ses soucis.
Un jour, j'ai vu passer une voiture de pompiers,
brillant de tous ses... feux, bruyante de toutes
ses sirènes, impeccable, comme éternelle.
Je me suis dit : "Que se passerait-il si les
pompiers se retrouvaient sans argent pour
payer leur téléphone ou leurs tuyaux ?"
Je savais bien que tous les enfants aiment
les pompiers, ils sont comme les parents,
pour les protéger et les défendre.
Mais, pour faire rire les enfants,
il ne faut pas toujours chercher
à les rassurer. Il faut aussi
leur faire peur en les faisant mourir
de rire.
Pour parler des pompiers,
pour les dessiner, pas
besoin de dix-huit mille
couleurs. Du noir, rien
que du noir de suie et
du rouge pour les yeux
fatigués de fumée. »